La Paix des fleurs

Anne Monneau

La Paix des fleurs

Recueil de nouvelles

Avertissement : ce recueil aborde les thèmes de la vieillesse, de la maladie, de la fin de vie, de la mort et du deuil. Si ces thématiques sont abordées le plus délicatement possible, certains passages peuvent être difficiles à lire. Écoutez vos sensations et n'hésitez pas à prendre des pauses, à revenir à la lecture plus tard, une fois votre esprit apaisé.

© 2023, Anne Monneau

Correction : B.A Correction

Couverture réalisée sur Canva ©

Édition : BoD – Books on Demand, info@bod.fr

Impression : BoD – Books on Demand,

In de Tarpen 42, Norderstedt (Allemagne)

Impression à la demande

ISBN : 978-2-3222-0760-2

Dépôt légal : juin 2023

Le Code de la propriété intellectuelle interdit les copies ou reproductions destinées à une utilisation non privée. Aux termes des articles L.335-2 et suivants du Code de la propriété intellectuelle, toute représentation ou reproduction intégrale ou partielle faite par quelque procédé que ce soit, sans le consentement de l'auteur ou de ses ayants droit ou ayants cause, est illicite et constitue une contrefaçon.

À ma grand-mère

La Paix des fleurs

Perdue au milieu de la foule, elle pleurait. Les joues rouges, les yeux exorbités, le corps tremblant, elle tournait la tête dans tous les sens, espérant retrouver les êtres qui lui étaient chers. En chaussons et robe de chambre au milieu des passants pressés, elle ne comprenait pas ce sentiment de solitude et d'abandon qui la rongeait de l'intérieur.

— Hélène !

Son prénom ! Enfin, on l'avait retrouvée. Elle chercha celle qui l'avait appelée parmi les silhouettes qui l'entouraient. L'une d'elles s'approchait rapidement. Et plus elle était proche, plus Hélène réalisait qu'elle ne connaissait pas cette personne.

— Hélène, te voilà enfin ! lança la femme en blouse blanche en saisissant la vieille dame aux cheveux gris par les épaules. On t'a cherchée partout.

Elle en était sûre maintenant, elle ne connaissait pas cette personne. Elle commença à se débattre, à griffer, à donner des coups pour s'extirper de la ferme prise de la femme en blanc. Cette inconnue, Murielle, était psychologue à l'Ehpad Les Lilas, situé à une centaine de mètres. Elle était en poste à l'unité de vie protégée Alzheimer depuis dix ans.

Si Hélène ne semblait pas se souvenir d'elle, Murielle, elle, la connaissait bien. C'est elle qui avait accueilli la vieille femme quand les pompiers l'avaient trouvée, errant dans la ville. Personne ne l'avait recherchée ni réclamée. Elle n'avait prononcé qu'un mot, un prénom : Hélène. Était-ce seulement le sien ? Personne ne le savait, mais c'est ainsi qu'on avait choisi de l'appeler.

L'Ehpad, la ville et le procureur avaient décidé de la placer dans cette résidence. L'hôpital psychiatrique n'était pas un bon endroit pour elle selon les professionnels de santé. Elle n'avait pas besoin de soins, mais d'attention.

Lors de ses premiers jours dans la structure, Hélène avait fait plusieurs crises de démence, auxquelles s'ajoutaient inévitablement des accès de violence. Une nuit, au cours d'un épisode de folie particulièrement intense, Murielle s'était précipitée à la rescousse des autres soignants, débordés, qui commençaient à user de la force. Sitôt qu'Hélène avait vu la psychologue, elle s'était arrêtée. Ses bras étaient retombés le long de son corps, son visage s'était détendu, un sourire s'y était dessiné. Ses yeux, dont l'expression était subitement passée de la fureur à la contemplation, fixaient la fleur fraîche que la professionnelle avait glissée dans sa poche pectorale. Cette fleur avait réveillé quelque chose dans la mémoire d'Hélène. Murielle la lui avait offerte avant de la raccompagner dans sa chambre.

Au milieu de la foule, Murielle se dépêcha de sortir une fleur de sa poche et d'attirer l'attention d'Hélène. Comme la première fois et toutes les suivantes, le stratagème fonctionna. La crise passa, et Murielle put calmement ramener Hélène à la résidence. Elle ne la lâcha pas, de peur que la nonagénaire ne lui fausse encore compagnie. Elle desserra sa prise lorsque Hélène s'installa dans son fauteuil, toujours captivée par la fleur jaune aux reflets orangés qu'elle n'avait cessé d'admirer. Murielle ne prenait jamais les mêmes fleurs. Celle-ci semblait particulièrement émouvoir Hélène. Elle la portait à son nez, la scrutait sous tous les angles, caressait chaque pétale de ses doigts déformés par l'arthrose.

Pourquoi les fleurs ? Le mystère était complet. Hormis pour dire son prénom, elle n'avait jamais parlé. La résidente s'exprimait par sons, mouvements de tête et signes de la main. Les mots, la parole lui était comme étrangère. Elle comprenait ce qu'on lui disait, du moins c'est l'impression qu'elle donnait.

En dehors de ses crises, Hélène était une pensionnaire discrète, observatrice, attentionnée. Quand elle était autorisée à sortir dans le jardin sécurisé, elle réalisait de jolis petits bouquets de fleurs et végétaux dont elle faisait cadeau au personnel.

Hélène vouait une véritable adoration à Murielle, à qui elle offrait constamment des compositions chargées en couleurs et en formes. Murielle était émue d'avoir pu tisser un lien avec cette patiente si sauvage et mystérieuse. Alors, dès qu'elle le pouvait, elle achetait une nouvelle plante à sa pensionnaire préférée, qui avait ainsi transformé sa chambre en sanctuaire verdoyant. Les plantes étaient normalement interdites, mais exception avait été faite pour Hélène, dont les crises s'étaient grandement espacées depuis cette végétalisation. La direction lui avait attribué une chambre à l'angle du bâtiment, avec une fenêtre plein sud et une autre côté ouest. Cela lui permettait d'avoir de nombreuses espèces, nécessitant différents types d'ensoleillement.

La résidente choyait ses plantes et semblait

savoir les besoins de chacune d'entre elles. Elle s'en occupait seule, patiemment, assidûment, laborieusement. Certaines dégageaient un parfum envoûtant, comme la menthe chocolat. Hélène en prélevait parfois une ou deux feuilles, qu'elle frottait contre son poignet avant de le porter à son nez.

Les quelques crises qu'elle faisait encore étaient bien souvent déclenchées par une contrariété d'ordre végétal. Celle qu'elle avait faite ce jour, avant de fuir la résidence, avait été provoquée par Gérard, qui s'était introduit dans sa chambre pendant qu'elle était aux toilettes. Il avait mangé les fleurs du calathea safrané en pleine floraison, événement rare nécessitant des soins et une attention toute particulière. Contrariée par cet homme souffrant de la maladie de Pica, elle avait fugué.

Hélène confortablement installée dans sa chambre, la psychologue s'en alla. Après avoir terminé son service, elle se rendit chez le fleuriste. Elle fut ravie de voir que des calatheas safranés, eux aussi en fleur, étaient en vente. Elle en acheta deux : un pour remplacer celui de la résidente et un pour elle. Le lendemain, elle se dirigea dès son arrivée vers la chambre d'Hélène pour le lui offrir. Hélène adressa un grand sourire à Murielle, accentuant ainsi les rides marquées de son visage. Elle exprima sa gratitude en prélevant une des fleurs orangées aux allures de plumeau pour la lui donner. Si la résidente aimait composer des bouquets avec les fleurs du jardin commun, dégrader les siennes était un sacrilège. Murielle, émue par ce geste, décida secrètement de lui rendre la pareille.

La psychologue passa des jours à se renseigner sur les parcs et jardins environnants et en référença plusieurs. Puis, elle alla trouver la directrice.

— Bonjour, madame Olivet, j'aimerais vous soumettre une idée de sortie pour les résidents de mon secteur.

— Je vous écoute, déclara la directrice en se redressant sur son siège.

— J'ai référencé plusieurs parcs et jardins botaniques dans la région. Je me suis dit que ce pourrait être agréable pour les résidents de…

— Quelle bonne idée ! coupa la directrice.

— Oh, merci ! commença à se réjouir la psychologue.

— Je vous laisse vous entretenir avec vos collègues du secteur gériatrique pour organiser cela.

— Mes collègues du secteur gériatrique ? C'est

que… je songeais à cette sortie pour les résidents de l'aile Alzheimer.

La directrice rit à gorge déployée, pensant à une blague, avant de constater que la psychologue était loin de plaisanter.

— Vous n'êtes pas sérieuse ? Quel intérêt de financer une telle sortie alors qu'ils ne s'en souviendront pas le soir même ?

— Peut-être ne s'en souviendront-ils pas, mais ils l'auront vécue. Le moment présent, les sensations, c'est ça qui est le plus important.

— Je comprends, mais c'est non, conclut la directrice, qui ne comprenait manifestement pas.

Murielle ne savait plus quoi dire.

— Je vous laisse voir avec vos collègues. Avons-nous terminé ? questionna la directrice, qui ne souhaitait pas plus de débats.

Murielle était déçue, triste. Cette sortie, elle l'avait pensée pour Hélène, pour la remercier.

— J'ai une dernière chose à vous demander, commença Murielle, se disant qu'elle n'avait plus rien à perdre. Autorisez Hélène à y participer, juste Hélène. Vous savez son amour pour la nature…

La directrice souffla, lasse.

— S'il vous plaît. J'en prends l'entière

responsabilité. Je m'en occuperai et resterai avec elle durant toute la sortie.

Mme Olivet se pencha et vint appuyer sa tête contre ses mains jointes.

— C'est d'accord, répondit-elle, imperturbable.

Un grand sourire se dessina sur le visage de Murielle. Elle n'eut pas le temps de remercier la directrice que celle-ci ajouta :

— Je vous préviens, votre poste est en jeu. S'il y a le moindre problème, c'est le renvoi immédiat. Et, bien sûr, sa participation à la sortie est conditionnée à son comportement des prochains jours.

Murielle déglutit. Elle n'était pas sûre de pouvoir contrôler Hélène quoi qu'il arrive. Elle aimait son travail, mais elle aimait d'autant plus cette résidente, avec laquelle elle ressentait un lien fort, presque filial.

— C'est d'accord, finit-elle par dire.

— Bien. Vous pouvez disposer, la congédia Mme Olivet.

Murielle sortit avec un grand sourire du bureau de la directrice. Une fois la porte refermée, elle ne put s'empêcher d'esquisser un petit pas de danse avant de filer voir Hélène pour lui annoncer. La résidente accueillit la nouvelle avec joie. Elle prit

Murielle dans ses bras pour l'enlacer. La psychologue ne lui parla pas du risque auquel elle s'exposait si la résidente se comportait mal, mais la mit en garde :

— Tu dois très bien te comporter avant la sortie, sinon tu ne pourras pas y aller.

Hélène regarda Murielle d'un air grave. Elle semblait comprendre les enjeux. Elle serra fortement les mains de Murielle avant de l'enlacer de nouveau et de dandiner de joie.

La résidente fut d'un calme exemplaire. Elle s'occupa de ses plantes avec rigueur, et, dans le secret de sa chambre, à l'abri des oreilles indiscrètes, leur chanta, ou plutôt leur murmura, des mélodies calmes et mélancoliques.

La veille du départ, elle rangea sa chambre avec soin. Au lever du soleil, elle attendit patiemment qu'on vienne l'aider à s'habiller avant de rejoindre le minibus.

Durant le trajet, elle regarda le paysage défiler, admirant les étendues de cultures qui se perdaient à l'horizon. Des champs de moutarde, colza et tournesols donnaient une teinte lumineuse aux cultures d'un vert monotone.

Après une heure sur des routes départementales

parsemées de petites communes, le minibus s'arrêta enfin. Le groupe descendit et se rassembla devant l'entrée du jardin botanique. Il fut accueilli par les salariés du parc spécialisés dans l'accompagnement du public âgé. Les membres du personnel de l'Ehpad prirent en charge les résidents, épaulés par l'équipe du jardin botanique. Murielle s'occupa Hélène, tel qu'il en avait été convenu avec la direction.

Le groupe, bien organisé, franchit les grandes grilles en fer forgé. L'ambiance changea immédiatement. Le bruit de la rue sembla subitement lointain… Des oiseaux, accompagnés par le bruissement des feuilles, offraient un concert de bienvenue aux visiteurs. Une odeur de fleurs embaumait l'air. Et les couleurs ! Au vert des feuilles et des pelouses s'ajoutaient du jaune, du rouge, du rose, de l'orange, du bleu, du violet, du blanc… Par petites touches ou grands aplats, les couleurs étaient partout.

Le cortège s'avança dans l'allée centrale bordée de glaïeuls, d'agapanthes et de Suzanne aux yeux noirs. Ils longèrent ensuite un étang où barbotaient cygnes, canards et grèbes huppés. Des nénuphars fleurissaient la berge. En bordure de l'eau, un imposant saule pleureur trempait des branches et ses racines, offrant un refuge aux insectes, oiseaux et mammifères aquatiques.

Hélène regardait tout autour d'elle, touchait à toutes les fleurs, feuilles et écorces qui se présentaient à elle. À défaut de pouvoir parler, elle tirait Murielle dans tous les sens pour lui montrer ses découvertes. Murielle avait craint que la manie des bouquets de fleurs recommence, mais Hélène n'en fit rien. De temps en temps, elle se penchait laborieusement pour humer leur parfum délicat. Quand elle se redressait subitement avec le nez retroussé en soufflant des nasaux, Murielle riait. Elle devinait que ce parfum-là ne devait pas être enivrant. Alors, elle s'abstenait d'y mettre le nez, malgré l'insistance d'Hélène, qui, partagée entre la farce et la complicité, voulait lui faire vivre la même expérience.

Au fur et à mesure que la procession avançait, les deux femmes s'éloignaient du groupe. Elles n'étaient plus résidente et psychologue, mais juste deux amies bras dessus, bras dessous en visite dans un très beau jardin d'ornement. Elles allaient à droite et à gauche pour admirer des capucines, des lilas, de grands cactus ou des buissons sculptés.

Hélène s'arrêta un long moment devant un buisson à visage humain, à visage de femme. Elle avait les yeux clos, les mains tournées vers le ciel, la chevelure fleurie. Son expression appelait à la sérénité. Hélène s'approcha. De ses deux mains, elle saisit l'index de cette Gaïa végétale et colla la tête contre le doigt de cet être mystique. Une larme coula sur sa joue. Murielle la rejoignit pour la prendre dans ses bras. Après de longues minutes enlacées, elles repartirent.

Elles atterrirent dans le sanctuaire aux papillons. En les voyant s'envoler à leur approche, Hélène s'éblouit. Elle lâcha la main de Murielle et s'avança au milieu du ballet aérien d'ailes poudreuses. Elle écarta les bras et bascula la tête en arrière. Un rire cristallin, heureux, sincère, venant du plus profond de son cœur, jaillit de sa gorge. Murielle n'en revenait pas d'assister à un tel spectacle. Les papillons tournoyaient autour d'Hélène, qui tournait désormais sur elle-même. En transe, elle rouvrit les yeux, envoya un baiser de sa main à Murielle et accéléra son tournoiement. De plus en plus de papillons rejoignirent la danse, formant peu à peu un tourbillon opaque autour de la vieille femme. Murielle commença à s'inquiéter et plissa les yeux pour tenter de distinguer la silhouette de sa protégée. En vain. Elle s'approcha de l'écran dressé devant elle. Le bruissement sourd des ailes noyait la scène dans une ambiance mystique.

Apeurée, mais déterminée à retrouver Hélène, elle tendit la main. Au premier contact, le mur éclata en milliers de taches colorées qui s'éparpillèrent dans la nature. Hélène avait disparu.

Tétanisée par la surprise, Murielle ne bougea pas, n'émit pas un son. Devant elle, un grand papillon d'un noir de velours se maintenait en suspension, battant tranquillement ses ailes tachées de blanc, aux extrémités inférieures parées de cercles orange semblables à des yeux qu'une excroissance en forme de goutte faisait pleurer. Celui-ci s'approcha d'elle et effleura sa joue avant de prendre de l'altitude en direction des cimes où pendaient, Murielle les voyait maintenant, des orchidées imposantes, refuge des papillons. Murielle tendit la main vers le papillon noir, puis il disparut au milieu de ses congénères.

Le Dernier Voyage

Sur son lit d'hôpital, elle parcourait de ses yeux clairs le plafond blanc qui la surplombait. Son corps frissonnait, on aurait pu voir s'échapper de sa bouche cette buée si caractéristique de l'hiver. Quand Mamy remarqua ma présence, le spectacle qui la captivait s'évanouit.

— Tu es venue me voir ! se réjouit-elle.

Un immense sourire se dessina sur le visage de cette vieille femme alitée, y dévoilant de nombreux plis délicats. Sa respiration était difficile, un sifflement s'échappait de ses cordes vocales à chaque inspiration. Les mots peinaient à sortir de sa bouche.

— Comment te sens-tu ? lui demandai-je, retenant les larmes qui me montaient aux yeux.

Elle fit la moue, haussa une épaule comme elle en avait l'habitude et se força à faire l'un de ses plus beaux sourires, toutes dents sorties. Puis, ses yeux se ternirent, elle tourna la tête vers le plafond.

— Il neige.

De sa main devenue violette par manque de

sang, elle chercha à attraper les perles blanches évanescentes qui tombaient vers elle. Elle semblait glisser dans un monde où les murs n'existaient plus. Quand, soudainement, la réalité la ramena dans cette chambre d'hôpital, son visage exprima à la fois la joie de me trouver à ses côtés et la tristesse d'être dans cette pièce aseptisée, aux murs pâles et aux volets fermés.

— Quel temps fait-il dehors ? me questionna-t-elle.

Ses rétines ne captaient plus que des ombres, des formes et des couleurs indistinctes.

— Le temps est magnifique pour un mois de janvier. Le soleil brille, c'est agréable.

Je lui décrivis ce que j'avais ressenti à l'extérieur, consciente qu'elle ne pourrait plus goûter au plaisir du soleil sur sa peau, désormais aussi fragile que du papier de soie. Elle m'écouta avec attention et sembla ressentir cette douceur angevine. Une larme coula sur sa joue.

— Je veux partir, aide-moi à sortir d'ici.

Elle me fixa avec une telle intensité que je ne pus détourner mon regard. Je me noyai dans la profondeur du bleu de ses yeux, aussi bleus que le ciel. Elle m'agrippa la main, la serra si fort que je craignis que ses dernières réserves d'énergie ne s'épuisent en un instant.

— Je veux rentrer chez moi, je veux m'en aller.

Sa complainte fut à peine audible. Déjà son esprit recommençait à décrocher de la réalité. Toute sa vie, elle avait dit et répété qu'elle souhaitait mourir chez elle, dans son lit, là où mon grand-père, son mari, était mort des années auparavant.

Je lui saisis la main. Je ne pouvais pas lâcher ses doigts gelés. J'aurais voulu les réchauffer. La perfusion ne lui permettant pas de glisser son bras sous la couette, je le couvris avec mon écharpe, espérant que la chaleur arrêterait ainsi de s'échapper de son corps. Elle replongea dans le monde merveilleux qui, dans son esprit, se confondait désormais avec la réalité.

— Mamy, réveille-toi, on y va !

Surprise, elle écarquilla les yeux. Désorientée, elle regarda autour d'elle, scruta son bras libre de toute intraveineuse.

— Je t'ai apporté ton pull le plus chaud et ton écharpe. Je vais t'aider à t'habiller.

Elle se redressa sur le lit médicalisé. Elle ne portait sous sa couverture qu'un tee-shirt ample et un bas de pyjama. Elle avait la chair de poule, son corps tremblotait. Je l'aidai à mettre son pull. Ses bras étaient faibles, et les soulever demandait d'incommensurables efforts. Je lui enfilai son écharpe, faisant un tour, puis deux.

— Mais non ! Ce n'est pas comme ça qu'il faut faire.

Elle déroula l'écharpe, la plia en deux, la fit passer derrière sa tête, la rabattit sur le devant, la noua. De sa main, elle l'aplatit délicatement. Ses doigts déformés par l'arthrose caressaient l'étoffe, toute la douceur du monde se trouvait dans ce geste.

Nous sortîmes de la chambre discrètement. Les couloirs étaient calmes, l'ascenseur et le hall d'entrée étaient vides. Nous rejoignîmes la voiture. L'y installer fut tout un défi. Lui faire passer une jambe, puis la tête, l'asseoir et enfin passer la seconde jambe. Une fois bien attachée, elle me lança avec désinvolture :

— Allez, hop, on y va !

Les premières minutes de trajet furent silencieuses. Ma grand-mère avait les yeux rivés vers l'extérieur. Elle scrutait les rues, détaillait les passants, cherchait des souvenirs d'avant. Quand nous arrivâmes en centre-ville, son regard se fit plus vif.

— Qu'est-ce que ça a changé ! C'est moche ce bâtiment, l'ancien était tellement mieux !

Je ris de la voir critiquer sa ville avec tant de vigueur.

— Le Jardin du Mail n'a pas bougé, lui, dis-je en me garant sur le côté. Regarde.

Ses yeux brillèrent d'émotion à la vue de ce parc. De sa plus jeune enfance à ses dernières années de mobilité, elle avait parcouru encore et encore ce jardin urbain. Malgré le froid de l'hiver, la monumentale fontaine fonctionnait. Les grenouilles crachaient leur eau dans le bassin supérieur, les angelots et allégories étaient dissimulés sous un léger voile de brume. Derrière la fontaine, la silhouette du kiosque se dessinait. À sa gauche, on discernait le restaurant du parc, où elle avait eu l'habitude de manger pour les grandes occasions. Je la laissai se délecter de la vue. J'aperçus une larme glisser sur sa joue.

— Prends ton temps, Mamy, on repart quand tu es prête.

Quelques minutes passèrent avant qu'elle ne s'adresse à moi, apaisée, pour me dire de reprendre la route. Au bout d'une dizaine de kilomètres, elle me demanda de mettre de la musique. Je lançai alors le CD déjà en place. Un air d'accordéon retentit. C'était Yvette Horner. J'aimais ce disque. Nous l'écoutions ensemble quand j'étais petite.

— Roh ! c'est pas vrai, tu écoutes toujours ça ?

s'esclaffa-t-elle.

— Oui, j'adore !

Nous allions tranquillement, nous trémoussant sur cette musique entraînante, quand j'aperçus la Loire. Je pris la route longeant le fleuve et baissai le volume. Pendant que je conduisais, lui offrant un dernier voyage le long de la levée, elle me raconta les virées au bord de la Loire avec mon grand-père, les pique-niques sur les bancs de sable, les déjeuners à la guinguette, les couchers de soleil, la complicité du moment partagé. Atteignant le point de chute habituel de cette promenade, je m'arrêtai face à la rive. L'eau était agitée ; elle sortait de son lit, trempait les pieds des arbres qui l'entouraient. Un enfant mit à l'eau un bateau de fortune. Nous le regardâmes courir après. Il riait, fêtait son succès. Le petit navire, lui, s'évanouit à l'horizon.

— Rentrons, me demanda ma grand-mère en posant sa main sur mon genou.

Je quittai cet endroit. Le soleil déclinant illuminait d'un jaune intense les champs d'herbe fraîche. Les arbres dénudés se paraient d'or. Il faisait chaud dans la voiture. Une odeur familière de feu de bois envahit l'habitacle. Des images d'après-midi autour du feu dans le jardin surgirent du passé. Nous nous souvînmes en silence. Il n'était plus l'heure de parler.

Nous passâmes devant le cimetière où reposait Papy, devant les ardoisières où elle était jadis intervenue en tant qu'infirmière, devant le parc où elle emmenait ses petits-enfants jouer. Puis nous arrivâmes chez elle.

— Nous y voilà, lui dis-je en coupant le moteur.

— Merci pour cette belle journée.

Elle me regardait en souriant tendrement.

— Merci à toi. Pour tout, lui répondis-je le cœur serré.

Notre périple prenait fin. Nous étions arrivées à destination.

Le temps que je fasse le tour du véhicule pour l'aider, elle m'attendait déjà à l'extérieur de la voiture. Elle avait réussi à s'extirper seule, à enjamber le rebord de l'allée en ardoise et admirait son parterre fleuri. De magnifiques gazanias accueillaient le soleil de cette agréable fin de journée.

— Que mes fleurs sont belles ! Tu as vu ?

Depuis notre départ, sa respiration s'était nettement améliorée, sa voix était claire. Elle n'avait plus rien à voir avec le corps décharné que j'avais trouvé dans le lit d'hôpital. Elle avait retrouvé sa fierté, sa dignité. Je la rejoignis. Après quelques minutes à profiter du soleil, imitant les fleurs, je me tournai vers elle.

— Tu es prête à rentrer chez toi ?

— Oui.

Sa réponse était pleine d'assurance, pourtant elle pleurait.

Elle m'attrapa la main, la tint fermement. Nous longeâmes la haie de chèvrefeuilles jusqu'à l'escalier. Elle s'était redressée et marchait désormais à un rythme soutenu, celui qu'elle s'imposait toujours en public.

La montée des marches se fit doucement. Elle s'agrippa à la rambarde. Je me plaçai derrière elle afin de la rattraper au cas où son corps céderait à la fatigue. À chaque marche gravie, elle tournait la tête vers le jardin, vers l'immense bouleau. Des moineaux volaient de branche en branche dans une course-poursuite effrénée. Elle observait ce ballet ailé avec ferveur. La dernière marche fut la plus dure à franchir. Je revins à son niveau et la pris par la main pour l'aider dans cette étape. Elle ne me lâcha pas une fois la porte d'entrée atteinte.

— Nous voici arrivées, déclarai-je.

— Me voilà arrivée, me corrigea-t-elle.

Elle saisit la poignée et ouvrit la porte. Une vague de chaleur nous enveloppa. Un doux parfum de fleurs s'échappait de l'entrée, de la musique classique résonnait, une lumière orangée éclairait le couloir. Baigné de cette lumière, Papy attendait là, rayonnant.

— Tu es enfin arrivée. Bienvenue, l'accueillit-il à bras ouverts.

Mamy se tourna vers moi et m'enlaça. Je plongeai ma tête dans son cou et l'étreignis.

— Je t'aime, ma petite-fille.

— Moi aussi, je t'aime. Prends soin de toi, prenez soin de vous.

Elle relâcha son étreinte, me tint les mains une dernière fois et me sourit.

— Haut les cœurs !

Elle se retourna, franchit le seuil et rejoignit Papy. Ils s'enlacèrent puis disparurent dans le salon sans un regard en arrière. La musique était joyeuse, des rires retentissaient dans toute la maison. Ils étaient heureux, ils étaient enfin réunis. Je tirai délicatement la porte vers moi, soufflant un discret « au revoir » à destination du passé.

Ses yeux se fermèrent. Son visage était détendu, rayonnant. Sa poitrine se souleva une dernière fois avant de s'abaisser pour de bon. Son dernier souffle. Je lâchai sa main et quittai la pièce en silence, des larmes roulant sur mes joues.

Les Branches du souvenir

Assise devant la machine à écrire de son grand-père, elle tapait les dernières lignes de sa biographie familiale. Le soleil était couché depuis déjà bien longtemps, la lune diffusait une lumière froide, découpant les silhouettes des arbres sur le fond noir de la nuit. Elle écrivait depuis des heures, mue par une inspiration sans pareille. Le son des touches heurtant le papier résonnait dans la pièce silencieuse. Le temps semblait suspendu. La fin approchait. Plus que quelques lignes et le projet de sa vie arriverait à son terme.

Le papier défila et atteignit sa limite. Elle le retira, le posa sur l'énorme pile de feuilles, puis engagea une nouvelle page dans le mécanisme. Elle la fit dérouler jusqu'à son centre et, lentement, dans une tension dramatique, tapa sur trois dernières touches, formant le mot « Fin ». Elle contempla un instant cet unique mot, noyé dans la blancheur de la page et la noirceur de la nuit. En inscrivant ce dernier mot, sa cage thoracique s'ouvrit, son souffle s'approfondit, son cœur ralentit. Tout le poids de la mémoire, toute la responsabilité de cette biographie s'envola. Elle se laissa aller en arrière, et son corps s'affala sur le dossier de la chaise. Elle ne sentait plus aucune tension dans ses muscles. Elle ferma les yeux pour savourer cet état de total relâchement et de paix intérieure. Elle plongea dans un sommeil profond.

Elle entendit d'abord des sons lointains, mélodieux. Des chants d'oiseaux. Puis elle sentit une caresse sur ses joues. Une brise légère. Vint ensuite une odeur de terre, d'écorce et de feuilles. Les sous-bois. Elle ouvrit les yeux. Elle était au milieu d'une forêt aux couleurs d'automne. Les feuilles bigarrées filtraient les rayons du soleil. Devant elle se dressait un arbre aux branches infinies. Les racines en contrefort, disproportionnées, étaient plus hautes qu'un être humain et formaient une sorte de labyrinthe. Ce réseau à la taille surréaliste était la base d'un chêne d'une envergure défiant elle aussi toute concurrence. Il s'imposait par sa carrure et sa beauté.

Attirée par ce chêne remarquable, elle s'enfonça dans le réseau racinaire pour se rapprocher du tronc. Elle ne se sentait pas angoissée, au contraire, elle se sentait protégée, comme si ce lieu lui était familier. Elle posa sa main sur le flanc d'une racine, curieuse de ressentir la texture de l'écorce. Une douce chaleur se diffusait de la surface et un léger flux d'énergie circulait, se dirigeant vers le centre. Elle continua sa progression, la main sur la paroi. De temps en temps, elle apercevait de la vie dans ce lieu : des écureuils escaladaient le tronc pour aller se nicher dans les branches ; des grenouilles, qu'elle faisait attention de ne pas écraser, déambulaient autour d'elle avant de plonger dans une mare formée par un creux naturel ; des insectes grignotaient les champignons sortis de terre.

Une lueur orangée rayonnait de plus en plus intensément d'entre les racines. Elle poursuivit son chemin à la recherche de la source. La lumière émanait du tronc d'arbre, ou plutôt d'un large passage dans celui-ci. Elle se sentit irrémédiablement attirée par ce portail fantastique. Entre ces racines s'ouvrait tout un monde. Elle décida de s'y aventurer, convaincue que cette force d'attraction ne pouvait qu'être bienveillante. Elle passa d'abord une main, puis plongea entièrement. Elle se retrouva dans un espace sans consistance, baigné de lumière. Une voix assourdie, tel un lointain écho, résonna.

— Bienvenue à toi, Mira, je suis heureuse de te revoir.

Cette voix lui était familière. Après quelques secondes de doute, elle en était convaincue, elle la connaissait. Elle chercha une silhouette dans l'infinie clarté. Ses yeux balayaient l'espace sans savoir où regarder. Il n'y avait ni murs, ni sol, ni plafond. Elle commença à paniquer.

— Je suis là, ne t'inquiète pas, tu es en sécurité. Je suis heureuse de te revoir, ma petite-fille.

Sa grand-mère apparut devant elle et lui tendit la main. Mira la saisit avec force. Son aïeule lui sourit, exerçant une pression de la main pour la rassurer. La blancheur céda la place à un sol et des murs faits de racines, de branches et de lianes. Ébahie par le lieu et les retrouvailles avec sa grand-mère décédée une décennie plus tôt, elle ne put articuler un mot.

Si elle reconnaissait la femme devant elle, celle-ci était différente. Son dos n'était plus courbé, elle se tenait droite et fière. Ses cheveux étaient d'une couleur châtaigne avec des reflets dorés. Ses yeux n'avaient plus le voile blanc de la vieillesse, ils étaient de nouveau pleins d'éclat. Sa peau semblait plus ferme. Les cernes violacés des derniers jours avaient disparu, les taches brunes s'étaient estompées. Son sourire, lui, n'avait pas changé. Le revoir, la revoir, fit monter en Mira une vague d'émotions. Des mots réussirent finalement à sortir de sa bouche :

— Tu m'as tant manquée.

Elle sauta dans les bras de sa grand-mère et la

serra de tout son être. Jamais elle n'avait su l'enlacer à la hauteur de son amour pour elle. C'était désormais chose faite. Elle prit le temps de ressentir sa chaleur, de humer son parfum, de passer sa main sur le pull en cachemire qu'elle portait. Après un long moment, elles se détachèrent, mais gardèrent les mains liées.

— Viens, j'ai des personnes à te présenter, lui déclara sa grand-mère.

Dubitative, Mira la suivit, tournant la tête dans tous les sens pour admirer le lieu dans lequel elle se trouvait.

Elle eut à peine le temps d'analyser son environnement qu'elle se retrouva soudainement à un autre endroit. Sa grand-mère les avait déplacées sans un geste, sans un mouvement. Bouche bée, Mira se tourna vers elle :

— Comment… ?

En guise de réponse, sa grand-mère haussa les épaules, amusée. Elles étaient désormais dans un couloir. Le mouvement des écorces n'était plus vertical, mais horizontal. L'intérieur des branches ! Du bruit retentit au fond de la pièce, un claquement fort et répétitif, entrecoupé d'un tintement bref à intervalles réguliers. Le son d'une machine à écrire. Elles avancèrent. Attablé devant sa machine, un homme absorbé par son travail tapait frénétiquement sur des touches. Des feuilles étaient éparpillées partout.

— Pierre ! l'appela sa grand-mère d'une voix douce.

L'homme s'arrêta immédiatement, se redressa et tourna la tête vers elles. Un immense sourire se dessina sur son visage. Mira ne l'avait pas connu, mais elle savait exactement qui était cet homme.

— Papy ! s'exclama-t-elle, lâchant la main de sa grand-mère pour se jeter dans les bras de son grand-père, décédé un an avant sa naissance.

— Mira, quel bonheur ! Tu ressembles à ta mère, et à ta grand-mère, plaisanta-t-il, faisant un clin d'œil à sa femme.

— J'aurais tellement aimé te connaître.

— Je sais, mais j'ai toujours été là et j'ai toujours veillé sur toi. Je suis si fier de toi.

Des larmes coulèrent sur les pâles joues de Mira. Elle sentait enfin un vide comblé.

— Continuez votre visite, déclara son grand-père. Surtout, reviens vite me voir !

— À bientôt, mon bichon ! lança sa grand-mère. Tu auras tout le temps de profiter de ta petite-fille lorsque nous aurons fait le tour.

Elles lui tournèrent le dos et se retrouvèrent à

l'intérieur d'une autre branche, où retentissaient des rires, des tintements de verre et des éclats de voix. Une dizaine de personnes dînaient toutes ensemble autour d'une table ensevelie sous les plats et boissons.

— Mira, te voilà ! Nous t'attendions ! déclarèrent-elles en cœur en l'apercevant.

Elle reconnut les grands-oncles et grands-tantes qu'elle avait côtoyés et devina l'identité de celles et ceux qui étaient décédés bien avant sa naissance. En bout de table, en bons maîtres de maison, trônaient ses arrière-grands-parents. Ils l'invitèrent à se joindre à eux.

Intimidée, elle se contenta dans un premier temps d'écouter les histoires de chacun, avant que ceux-ci ne lui posent une multitude de questions et ne l'assaillent de remarques au sujet de sa biographie :

— Comment as-tu eu l'idée et la motivation d'écrire ça ? questionna son grand-oncle Paul. Ça a dû te demander tant de travail !

— Tu as fait une erreur dans les métiers que j'ai exercés, commenta sa grand-tante Andrée. J'ai été vendeuse puis pâtissière avant de reprendre le commerce familial. Et tu ne l'as pas mis, mais ma spécialité, c'était les pâtés aux prunes ! J'ai fait la renommée de la boulangerie-pâtisserie grâce à mon talent.

— Bientôt, elle en revendiquera la paternité ! plaisanta son époux.

— J'ai beaucoup aimé ton passage sur Achille, déclara son arrière-arrière-grand-mère et épouse d'Achille. Tu as enfin rétabli la vérité sur lui !

— Oh oui ! s'exclama la sœur de cette dernière. Il était un homme réputé, mais en tant que père et mari, il a été déplorable.

Les deux sœurs pouffèrent en se tournant vers le principal concerné.

Assis à côté d'elles, les bras croisés sur la poitrine, Achille se renfrogna.

La grand-mère de Mira attendit qu'un semblant de calme soit revenu pour annoncer leur départ. Mira quitta la table en saluant et remerciant les convives pour leur accueil. Elle se plaça à côté de sa grand-mère et l'informa qu'elle était prête.

Elles rendirent ainsi visite à de nombreux proches, morts pour certains il y a plusieurs centaines d'années, partageant une tisane, discutant de la biographie, découvrant l'univers des uns et des autres.

Elle fut subjuguée par Marguerite, qui vivait entourée de toiles représentant des paysages verdoyants. Mira reconnut certains des tableaux et surtout un, qu'elle avait fait encadrer et accrocher au-dessus de son bureau. Cette vue d'un bord d'étang entouré de bouleaux l'apaisait. Toutes les deux, elles parlèrent peinture, créativité, art. Elles se trouvèrent des passions communes pour les arbres, les promenades en forêt, et même l'écriture, passion qu'elle pensait avoir héritée uniquement de son grand-père. De son vivant, Marguerite avait régulièrement écrit des poésies en association à ses œuvres. Pourtant, Mira n'en avait jamais eu connaissance, malgré les recherches approfondies sur sa famille. Et pour cause, les poèmes avaient été volés par un ami de la famille et publiés en son nom, ce qui lui avait offert une certaine notoriété. Mira regrettait de ne pas l'avoir su et de ne pas avoir pu redonner la parentalité de ces écrits à son ancêtre.

— Compte sur moi pour faire savoir que tu es la vraie autrice de ces textes, lui promit-elle.

— Oh, je doute que tu le puisses, déclara Marguerite, penaude.

— Allons-y, coupa sa grand-mère en décochant un regard noir à Marguerite.

— Ça a été un plaisir, Marguerite ! conclut Mira, déçue de devoir interrompre une nouvelle fois une rencontre si agréable.

Elle rejoignit sa grand-mère, qui l'amena dans un nouveau corridor végétal. Cette fois, aucun son, aucun tableau, aucun papier, aucun accueil... Personne. Dubitative, elle regarda sa grand-mère, qui ne souriait plus. Celle-ci avança plus au fond de la branche avant de se retourner et de déclarer :

— Cet endroit est le tien, tu peux y faire ce que tu veux, l'agencer comme tu le souhaites. Je me suis juste permis de t'installer le fauteuil, je me suis dit que ça te ferait plaisir.

— Oh, merci, c'est vraiment un magnifique cadeau ! Mais... je ne sais pas comment j'ai fait pour arriver ici. Et si je ne parvenais jamais à revenir ?

— J'ai bien peur que tu ne comprennes pas, Mira. Il n'est pas question de revenir, il est question de rester.

Devant la maison de Mira, des gyrophares illuminaient la nuit, qui commençait à prendre fin. Sur son fauteuil, face à sa machine à écrire, son corps était froid, ses yeux fermés, son visage détendu. Sur la pile de sa biographie tout juste achevée, une feuille retournée, avec trois lettres en son centre : « Fin »

Remerciements

Un grand merci à mes proches et à mes amies pour leur soutien inconditionnel dans cette belle aventure. Leurs encouragements m'ont donné la force d'avoir confiance en moi et d'aller jusqu'au bout de mon projet.

Un grand merci également aux personnes qui m'ont guidée, accompagnée, pendant des mois, des années, et qui m'ont permis de trouver ma propre voix.

Biographie

Anne Monneau, née en 1993 à Angers, est une écrivaine et poétesse française. C'est en parallèle d'une carrière d'animatrice d'ateliers d'écriture, de photographe et de biographe qu'elle se plonge dans l'imaginaire pour s'évader et créer. Les thèmes de l'identité, de la mémoire, des racines et du lien avec la nature lui sont chers.

Pour contacter l'autrice :

E-mail : mnemosyne.ecrivaine@gmail.com
Site : https://instantsecriture.wordpress.com
Instagram : @mnemosyne.ecrivaine et @mnemosyne.poetesse

Sommaire

La Paix des fleurs 9
Le Dernier Voyage 25
Les Branches du souvenir 37
Remerciements 51
Biographie 53